하얀 거짓말

KB194866

시와소금 시인선 · 120

하얀 거짓말

윤현자 시조집

시와소금

▌윤현자

- 1960년 충북 청주 출생
- 1995년 중앙일보 신인문학상 등단
- 1995년 《시조문학》 추천 완료
- 2002년 시조집 『그래, 섬이 되어 보면』 출간
- 2003년 3인 공저 시조집 『차마, 그 붉은 입술로도』 출간
- 2007년 시조집 『다문다문 붉은 꽃잎』 출간
- 2014년 시조집 『마흔아홉 붉은 꽃잎』 출간
- 2018년 시조집 『광어면 어떻고 도다리면 어떠랴』 출간
- 2020년 시조집 『하얀 거짓말』 출간
- 충청북도 문화예술진흥기금(2002년, 2007년) 수혜
- 충북문화재단 문화예술육성지원금(2014년, 2018년) 수혜
- 충북문화재단 우수창작지원금(2020년) 수혜
- 한국시조시인협회 이사, 충북시조문학회장 역임, 뒷목문학회
  사무국장, 포석문학회 감사, 나래시조시인협회 회원

- 전자주소 : ykw1229@hanmail.net

나 이제 천년을 살아
청록으로 거듭나고

오백 년을 더 살아
백록이 된다면

실핏줄
한 오라기쯤
흰 피 돌지 않을까.

　등단한 지 25년, 그동안 시조집 네 권과 삼인 공저 시
조집 한 권을 내고, 때때로 작품을 발표해왔다. 하지만
작품에 대한 만족도로 보면 여전히 허기가 진다. 오로지
한 장르만을 고집하여 온 사반세기 문학세계를 샘가에
웅크리고 앉아 샘물을 들여다보듯 속 깊이 관찰하고, 좀
더 내밀히 심도 있게 들여다보고자 이 시집을 엮는다.
　온몸으로 부딪치는 파도가 누군가에게는 눈물이 되고,
또 누군가에겐 그리움이 되고, 시가 되고 밥이 되듯이, 내
시조 한 수 한 수가 독자 누군가의 아픈 눈물을 닦아주
고 따뜻한 위로가 되어 든든한 한 끼 마음의 양식이 되길
소망해 본다. 삼복염천에도 불구하고 기꺼이 졸시에 대한
작품해설을 해주신 박지현 선생님께도 머리 숙여 감사의
인사를 드린다.

경자년 팔월 윤현자

| 차례 |

| 시인의 말 |

제1부 다시, 길을 지우다

제2부 그리움의 징검돌

제3부 상처의 꽃

제4부 순환順換

다시, 길을 지우다

코스모스

흔들려 꽃피우다
흔들려서 씨앗을 물고

흔들흔들 흔들며
세상 속으로 걸어갑니다

아, 진정
흔들리지 않고
피는 꽃이 있던가요.

갑년을 살고서도 뜻 하나 세우지 못해

가끔은 생약처럼 쓴 철없다는 핀잔에도

날 저문 들녘에 서서 내가 나를 흔듭니다.

어쩌다, 이순

붙잡고 늘어져도
달아나는 세월 앞에

사랑도 깊어지면
무겔 주체 못하는지

윤시월
먹감나무가
잎을 뚝뚝 지웁니다.

부고

바람만 불어와도
달빛만 내걸려도

눈길 멀리 골목 끝으로
달려가는 먹감나무

검버섯 시꺼먼 얼룩 유독 짙어 보인 날.

이따금 가지 흔든 새들마저 날아가고

눈물 맺힌 홍시 몇 개 근근이 받쳐 든 채

어머니
유언장 내려놓듯
마지막 감잎 떨구다.

메뚜기

숨죽여 기다리며

이날을 예비했다

잡지 마라, 가늠도 마라

어디로 튈지 모른다

이 짧은

순간만이라도

산목숨이고 싶었느니.

가만, 떨리는

저수지 깊숙하게 몸을 담근 왕버들

견뎌온 시간만큼 갈라 터진 발등을

잠잠히
물에 맡긴 채
고요로이 몸 흔든다.

거칠게 몰아치던 물굽이도 버팅기고

온몸 휩쓸고 간 소용돌이를 돌아와

묵직한
세상 한 귀퉁이
가만, 떨리는 잎새 하나.

된서리

아무리 분칠을 해도
남루하고 오종종한,

목소리 높일수록 이단교의 방언 같은,

설익은
시편에 내린
촌철살인 매운 평.

불신 시대

작년에 먼 길 뜬 김씨
입에 달고 살았던

말끝마다 사족으로
따라붙던 '참말루~'가

아직도
당최 믿기지 않네
뭐가 진짜 참말인지.

내리 세 번 당선한
국회의원 아무개가

버릇처럼 앞세운 말
'솔직히 말해서'도

도대체
믿을 수가 없네
솔직한 게 진짜 뭔지.

노선

청색이 아닙니다

적색도 아닙니다

섞어놓은 자줏빛은

더더욱 아닙니다

개망초

하얀 실소만

묵정밭 가득 사태 집니다.

당당한 허수

새벽부터 웅성웅성
구름들이 몰려들었다

동쪽에서, 서쪽에서
남쪽에서, 북쪽에서

미분양
차고 넘쳐도
허수는 늘 당당했다.

명함만 반짝반짝
무늬만 그럴싸한

글밭엔 문장이 없고
시집엔 시가 보이지 않는

무리 속
당당한 곁두리
선집 한 권 엮어내다.

반송

어눌하고 물컹한

몇 구절 문장들이

미완의 시간들을

절룩이며 떠돌다가

말보다

아픈 눈으로

구겨진 채 돌아왔다.

커다란 욕심

오늘에 이르기까지
어제의 어제가 있듯

하루살이 일생에도
역사가 있는 거다

한순간 거스름 없이
시간 재며 살다간….

별다를 것 하나 없는 어제 같은 오늘을

일기장 말미에다 한 줄 적어 넣는 것도

내일은
오늘보다 큰
하루라는 욕심 때문.

하늘과 땅

글자 하나 차이가
하늘과 땅이라는 걸

아메리카와 아프리카
두 대륙에서 보았다

나란히
손잡을 수 없는
검은 눈물 하얀 백서.

하얀 거짓말

거짓말이면
거짓말이지
하얀 거짓부렁 어디 있어

뾰로통 입 내밀며
고개를 갸우뚱대자

어머니
하얀 속니로
그럴 때도 있을 거래.

당나귀 귀

소문을 먹고 자라는
아파트 앞 후박나무

갓 둥지 튼 참새들이
저물도록 조잘대도

큰 귀를 열어젖힌 채
귀이개만 찾고 있다.

빨래집게

거꾸로 매달려서
온 밤을 건너왔다

수시로 흔들리는 너
더는 볼 수가 없어

악물고
버티고 서서
콕콕 집어 타이른다.

홍시

반쯤 남은
가을이
노을 끝에 달랑 걸려

남은 반쪽
더
빨갛게
물이 드는 저물녘

가만히
올려다보는
볼도 붉게 젖습니다.

다시 길을 나서다

걷기 전엔 몰랐다
걸어가면 길이 됨을

주춤대고 망설이다
어쭙잖게 자로 재다

끝내는
지레 겁먹고
주저앉고 말았다.

길은 길로 이어지고
길이 길을 열어가는

그 빤한 이치가 뵈는
이순의 갈림길에서

천천히
아주 천천히
서툰 걸음 다시 내딛다.

똥파리

제자리 못 찾기로
세상천지 너만 하랴

똥인지 된장인지
구별도 못하면서

엎드려
속내 감추고
손 비빈다 모를까

이팝꽃 사설

아따
얼매나 배고팠는지
허연 쌀밥으로 보였어야

희멀건 막사발에 고봉고봉 퍼 담아

한 숟갈
푹 떠내 가도
흰 밥알이 넘쳤어야.

쌀이 죄 남아돌아
난리 부르스를 쳐

생막걸리를 빚는다
과자를 맹근다지만

없는 놈
배고픈 설움이
젤 서러운 거 알기나 혀.

베개

아무런 말도 없이
그저 받쳐만 주던

너와 나의 밀착된
한 곳 바라봄으로

아픔도
뒤채다보면
아물 날이 있겠지.

거미

씨줄
날줄
성근 직조
허공을 눈대중해

시간을 들여앉힌
해먹 한 장 걸쳐놓고

오호라!
홑눈 번뜩이다
미끼 한 놈 낚았구나.

사람 사는 세상에 힘의 논리만 있을까

뛰는 놈 머리 위에 나는 놈만 있더냐고

때 아닌 소낙비 한 줄금 요란하게 훑고 간다.

제 **2** 부
그리움의
징검돌

비

실핏줄 한 가닥으로도
하늘과 땅을 잇는다고

온종일 추적추적
빗줄기는 쏟아지고

철 지난 유행가 한 곡 G단조로 흐른다.

어쩌면 산다는 건
유행가 가사와 같은

한줄기 실비로도 하늘 닿을 수 있는

사소한
아주 사소한
또 하루가 비에 젖다.

꽃

바다에도 꽃은 핀다
사시사철 피고 진다

집어등 환한 불빛
어장마다 피어나고

눈보라 세찬 덕장엔
명태꽃도 만발한다.

비릿한 바다 냄새
포구꽃을 아시는가

명태꽃 가자미꽃
한 무더기 꺾어 팔아

오늘은
꽃보다 어여쁜
손주꽃을 보러 간다.

패랭이꽃

산모롱이
돌 때까지
수줍게 기다리다

사랑도
그리움도
저 홀로 몰래 키워온

열여덟
단발머리 소녀
챙모자를 쓰고 섰다.

숯

어쩌자고
자꾸만
물어물어 쌓는대요

입 밖으로 뱉어내야
그게 꼭 사랑인가요

겉과
속
죄다 검어도
붉게 타요, 잉걸불.

해바라기

행여나 돌아볼까
온종일 바라만 보다

가슴 까매지도록
알알이 뒤척이다

끝내는
툭
고개 떨구고
담 모롱이 돌아가는.

새뱅이

누군들 이런 인생
살다가고 싶겠냐고

등짝이 다 휘도록
뼈 빠지게 일한 죄밖에

씁쓸히
만지작대는
베이비부머 꼬리표.

열릴 듯 말 듯

메일을 열지 않네요
카톡도 보지 않구요

맨발로 달려 나가
맞을 준비 다 됐는데

홍매화
열릴 듯 말 듯
안절부절 못하는 봄.

서리 · 1

.

아직도 지우지 못한 흑백사진 한 컷 있다

끝끝내 열리지 않는 창문 밖을 서성이다

희뿌연 새벽 신작로 소실점으로 멀어지던….

한 장 압화押花로 남은 스무 살 아린 상처

버석대는 이순 고갯길
아장바장 넘어와

흰머리
툭툭 털면서
빈 창가에 서 있다.

초승달

허공을 저어가듯
저만치 멀어지는

한평생 밀고 다닌
어머니 늙은 널배

오늘은
칠순 걸음으로
그만큼만 가고 있다.

오월 풍속화

윤기 자르르 흐르는 게
창포물에 감았는갑다

머리채 긴 버드나무
봄바람에 찰랑대다

뭇 동네
떠꺼머리총각
화폭 찢고 나오것다.

꽃양귀비

모양새
빠지게도
몇 날 며칠 수그리드만

그대, 오신다는
단문 문자 한 토막에

어쩌면
그리 요염하게
외로 꼬고 섰느냐.

불면증

풀쑥풀쑥
자라나는
빠듯한 생각의 집

잘라내도 돋아나는
잡풀들만 무성해져

오늘밤
풀벌레 소리
이슥토록 쌓이겠다.

은사시나무

마라톤을 하려는지
흰 두건을 둘러쓰고

빛 부신 운동장에
우르르 모여들어

땅!
하는
출발 신호 전
지레 놀라 떨고 있네.

곤드레, 옮겨 심다

한평생
발붙이지 못해
데면데면 살다 간

업둥이 장씨 아재
어찌 알고 오셨는지

강원도
감자바위래요
엉거주춤 서 있다.

품삯

고향집 홀로 남아
팔순 훌쩍 넘긴 노모

동만 트면 출근했다
해거름에 퇴근한다

경로당
점당 십 원짜리
벌이 쏠쏠한 고스톱 판.

소문

네게만
살짝 귀띔한
귓속말이 그만 커져

온 동네 골목골목
사방팔방 팔랑대다

민들레
홀씨가 되어
풀풀풀풀 날리다.

개똥참외

아무도
눈길 주지 않는
산비알 개똥참외

몰골이나 행색이나
내세울 스펙 없어도

당당히
땡볕을 이고
자기소개서 쓰고 있다.

연

날개 하나
없이도
서둘러서 하늘로 간

가느다란 외줄타기
코흘리개 친구야

눈높이
더는 높이지 마
어지럼증 도질라.

도토리 키재기

까치발 떠 봐야
별수도 없는 것을

신갈나무 떡갈나무
졸참나무 갈참나무

제 새끼
더 잘났다고
자랑질이 요란해.

세상 온통 스톱시킨 코로나19 대응전략

미 대륙, 유럽연합, 황색 벨트 중국까지

앞다퉈
쏟아내는 속보
거기서 또 거기다.

뻐꾹새

노래인 줄 알았어,
울음인 걸 모르고
뻑 하고 뱉은 피
꾹 하고 도로 마시는
이 · 저 산 풀물 들이다
몸져누운 어린 새.

뻐꾹뻐꾹 열여섯 누이
쑥꾹쑥쑥꾹 산을 넘던
초여름 언덕으로
못 본 척 봄은 가고
못다 한
노랫가락이
골짜기마다 풀리다.

곡우 즈음

먼지만 날리던 둥지
심심찮게 소란하다
인기척 뜸한 처마 밑
제비 한 쌍 날아들고
뒤뜨란
늙은 감나무
깜짝, 속잎 몇 장 피우고.

손바닥만 한 텃밭엔
상추씨가 소곤소곤
돌담, 늦잠을 깨우는
호박 모종도 두런두런
울 엄니
무딘 발걸음
이내 바빠지겠네.

보리밥

노랗게 핀 허기에도

목에 쉬 넘기지 못한

알알이 뱅뱅 돌던

이물감, 문득 떠올라

밥보다

먼저 삼키는

눈물 맵짠 아린 날.

제 **3** 부
상처의 꽃

향기 없는 시

뜨겁게 팬을 달궈 묵은 깨를 볶는다

기대 반, 의심 반에도 한 평 주방 가득

껍질을 비집고 나온 고소함이 톡톡 튄다.

그저 그냥 떼밀려와 자리 잡지 못하고

이리 튀다 저리 튀다 더듬이만 휘돌리다

궁색한 이름도, 필력도, 무색하기 그지없어

낮달에 기대어보다, 별똥별을 좇아보다

말랑한 시어 몇 개 펜촉에 덧입혀도

끝내는 향기도 없이 행간만을 적셔놓다.

흰 꽃의 담론

조팝꽃과 이팝꽃을

구분도 못하면서

시린 봄을 어찌 알며

보릿고갤 논하느냐고

흰머리

미국산수국

고봉밥을 올린다.

매화, 등걸에 걸린

긴 겨울 마디마디
옹송그려 넘기고는

살랑살랑 봄바람에
속도 없이 흔들리다

갱년기
가쁜 숨소리
등걸마다 걸어놓고….

단, 며칠만이라도 봄인 적은 있었는지

갑년, 고갯마루가 벌판보다 썰렁해도

관절염 부푼 손가락 은지환을 닦는다.

즉설 즉답

웬만하면
잊어보라고
썰물에 쓸려 보내라고

갈기갈기 찢긴 속도
소금물로 헹궈내라고

넌지시 바다가 이르길
맵짠 게 바로 인생이란다.

이제는 잊을 거야
밀물져 밀려와도

그물코에 걸렸다가
염전 바닥에 잠겼다가

맵고 짠
생의 한 모퉁이
천일염으로 남을 거야.

독감

해마다 이맘때쯤 열꽃으로 도지던 병

시간이 약이라는 약 같잖은 처방으로

또 하루 무심한 문턱 습관처럼 여닫는다.

길어야 열흘 남짓
피었다 질 거라며

벌겋게 들떠버린
일상쯤 제쳐두라던

쪽잠도
쉬 들지 못한 봄
저만치서 종종대다.

퇴직 즈음

낮익음조차 두려운

이른 저녁 귀갓길

무의식 중 내딛다

불현듯 낯이 설어

저물녘

술패랭이꽃

비틀대며 걷습니다.

이쯤 돼야

기꺼이 목숨 바쳐
지켜낼 사랑 아니면

함부로 말하지 마라
얄팍한 고백도 마라

남대천
연어쯤은 돼야
입에 담아 볼 일이다.

코로나 19

커피를 끓이다 말고 TV에 귀가 간다
오늘도 여지없이 들끓고 있는 지구
포트 속 끓어 넘치는 물
이미 백도를 넘었다.

연일, 경신을 하는
확진자며, 사망자 수
속절없는 계기판도 망연자실 넋을 놓고
출구를
찾지 못한 밤
새벽은 더디 왔다.

초미세 현미경으로도
쉽게 찾을 수 없는
고 작은 바이러스에
세상 온통 스톱이라니
대문도
국경도 닫힌
초봄 밤이 너무 깊다.

경고

백수가 과로사 한다는

우스갯소리 몇 마디가

볼부터 입술까지

포진으로 번졌다

한 박자

쉬어 가라는

나지막한 몸의 고언.

철로

— 정신대

두 발목 서로 묶여 여전히 서 있었다
영문도 모르는 채 끌려갔다 끌려온
외마디 비명조차도 속으로만 삼켜온.

자갈자갈 자갈자갈 끝없는 비웃음도
강아지풀 쓸어안고 눈을 질끈 감고는
내 고향 강바람으로 찌든 눈물 훔쳤다.

기다림은 늘 느리게 먼 데로만 흐르는가
차마, 내보일 수 없는 종두 같은 생채기를
기어이 발목 삐걱대며 절룩절룩 끌고 간다.

화살

내게서 벗어나길 얼마나 고대했으면

뒤도 돌아보지 않고 박차고 나갔을까

쉼표도
숨표도 없이
달려온 게 죄더냐.

닿을 수 없는 그대가 얼마나 그리웠으면

무작정 앞만 보고 한달음에 달려갔을까

마침내
와락 안겨든
거기가 바로 네 사랑이더냐.

천일염이라 이를까

에어컨 한 대 없이
땀 훔칠 짬도 없이

낡은 선풍기 돌아가는
서민 아파트 관리실

짜디짠
민원을 녹이다
등짝에 핀 소금쩍.

이름 없는 꽃

세상에 이름 없이도
피는 꽃이 있던가

김씨,
이씨,
박씨,
최씨,
제각각 성만으로도

하얗게
뿌리를 내린
이 땅의 낮은 꽃들.

오월

비둘기 한 마리가
찌익 똥 싸며
날아가고

그날, 이야기들
훌훌
홀씨로 날릴 때쯤

금남로
젖은 교차로
이팝꽃
펑
펑
터지것다.

바나나

제사상 앞에도 못 선 바다 건너온 여자

굽이굽이 긴 여정쯤
질끈 눈감아 견뎌내고

단내가
몰캉해지는
달뜬 꿈을 꾸었었다.

아비 같은 남편 뒤
쫄래쫄래 따라나설 때

샛노란 꿈 반절은 이미 시들었을지도 몰라

문지방
끝내 넘지 못하고
축문만을 웅얼대는.

공범을 찾습니다

애써 묻었다고
더 애써
잊었다고

긴 겨울 살처분에
눈도
귀도
막았지만

침출수
공범을 찾아
마을길로 들어서다.

골든타임

상태가
영
시원찮은
상추 모종 깨우려고

물 한 바가지 뿌려주자
배시시 눈을 뜬다

조금만 늦었더라도 일어나지 못했다나.

기우는 뱃전에서
채 피지도 못하고 진

아리고 아픈 꽃송이들 하염없이 그리다

무심코
지나쳐버린
사월 하늘 올려본다.

태풍의 눈

아무런 준비도 없이
휘몰아친 광풍에도

그대 중심 고요했단 걸
떠난 뒤에야 알았어요

서늘히 맑고 깊은 눈
미처 보지 못했어요.

늘 밝던 인기스타
별똥별로 스러진 날

휭둥그레한 일기장
깊숙한 갈피 속에

휘갈겨
남긴 한마디
'죽지 못해 살러 가요.'

우거지해장국

푹 삶은 배춧잎으로
축 쳐져서 걷다가

한바탕 짓이겨진 속
어찌어찌 달래볼까

간판도 변변치 않은
낯익은 식당 들어서다.

웃는 듯 마는 듯한
쥔 여자 눈인사에

주문도 없이 따라온
뚝배기와 소주 한 병

언제는 고갱이었냐고
어서 속 풀고 일어서란다.

수국

담 모퉁이 돌아가며
수국수국 피어나던

뜬소문에 맘을 찔려
그만 발걸음 멈춘

큰누나
흰머리 이고야
친정집을 찾으셨네.

같잖은

몰랐네 쥐똥나무 쥐똥 냄새 없는 것을

지레짐작한 가벼움에 둘레만을 배회하다

급반전 매력에 끌려 진한 향기 흠흠대다.

그럴싸한 이름 뒤에
속을 꽁꽁 숨기고는

구린내 풍겨대는
꽃 같잖은 꽃들이여

모가지
들지를 마라
헤픈 웃음도 거둬라.

갈대

더는 참을 수 없어
한 무더기로 일어서서

어깨에 어깨 걸고 분기탱천 달려 나와

흰 두건 질끈 동이고
스크럼 짜던 동학농민.

꽃이라 불러주는 백성의 백성임에

너도 아닌
나도 아닌
비로소 우리가 된

갈대꽃
속 맑은 뼈대
조선 강골 직언한다.

제 **4** 부

순환順換

퇴직

매일 시간에 쫓긴
색조화장을
안 해도

퇴근길
줄 간 스타킹
신경 쓰지 않아도

밀쳐둔
빨래 같은 문장
오래 치댈 수 있어 좋다.

순두부

젖 물려 키운 조카

소식 뜸한 지 오래

당숙모 속없기론

오뉴월 능수버들이다

까치설

면포에 피운

몽울몽울 목화송이.

방생

바람은 물길을 트고

물길은 바람을 끌고

나는 널 돌려보내고

너는 나를 떠나는 날

가거라

편히 가거라

내 안의 봄,

네 안의 봄.

칡, 세상을 읽다

얼굴 가득 드러낸 건
검은 속셈이 아니다

곱거나 밉거나
가리고 감출 것 없이

오로지
제 몫을 향해
가지껏 기어오를 뿐.

남의 몸 감고 오른
서푼짜리 미안함쯤

보랏빛 꽃등 걸어
산기슭을 밝혀두고

마지막
양심 한 덩이
칡뿌리로나 쟁여놓고….

파장

접어야 할 시간조차
정해지잖은 난전에서

주섬주섬 챙겨드는
저녁놀빛 거나해져

구겨진
지폐 몇 장이
저 혼자서 붉습니다.

근시

환갑을 넘고 보니
눈이 더 침침해졌다

렌즈를 닦아내며
조리개를 당기자

앞가림
똑바로 하고
코앞이나 살피란다.

탑을 쌓다

돌로만 쌓아올려야 탑이라고 이를까
울퉁불퉁 모난 구석 얼기설기 귀를 맞춰
반백 년 뒤채다보면 탑신으로 앉으려니.

가풀막 거친 숨결 다스리던 바람 같은
속울음 긴 자락을 감아올린 향불 같은
에둘러 돌아온 길목 이끼 옷이 축축하다.

눈 감으면 잊힐까 귀 닫으면 멀어질까
무릎이 다 닳도록 백팔배를 올리는 날
뎅그렁 풍경이 운다, 내가 나를 깨운다.

키워드

한 번도 중심인 적 없는
변방의 그늘에서

애당초 지레 겁먹고
물러섰던 건 아닌지

정수리
휑한 즘에야
더듬이를 세우다.

고요, 깨지다

미루나무 길게 누워
낮잠에 드는 오후

하릴없는 물길, 참붕어 꼬리나 흔들고

산까치
수면을 깨뜨리는
찰랑, 그 찰나의 순간.

개심사 開心寺

어쩌다 여기까지 와
서성이고 있는지

백팔배로도 모자라는
맺힌 번뇌 무엇인지

너
아직
열지 못했나
멀어지는 죽비 소리.

이분법

요즘처럼 확실하게 둘로 나뉜 적 있을까

가진 자와 못 가진 자
달님파와 해바라기파

세상 참, 뭣도 아니라고
홍어 그거나 씹어대고.

노론 소론 편 가를 때도
허리 싹둑 금 그을 때도

눈 귀 다 열어놓은 채
한사코 기다렸던 건

너
와
나
흰옷 걸쳐 입고
달도 밝은 밤 강강술래.

톡, 놓쳐버린 시

한층
더
깊어진
물속을 들여다보다

톡
놓쳐버린 문장
끝내 소용돌이에 빠져

긴 머리
능수버들이
종일 근심스레 지켜보다.

무녀리

지난 가을 내팽개친 배추밭이 심상찮다

다 죽은 줄 알았던 잎
파랗게 다시 살아

턱하니 꽃대를 올려
조랑조랑 꽃을 맺다.

세상에나!
깜도 안 돼
거두지 않고 밀쳐둔 게

땅줄기 꽉 움켜쥐고
기어이 견뎌내다니

풀죽은 무녀리들아!
뒤꿈치 눌러 딛고 오늘을 버틸지니.

어깨, 말하다

여기까지 오면서 탈 없는 게 외려 이상하지

제 분수도 모르고
덥석덥석 둘러메고

여우비 얌통머리 없이
짐 하나를 더 얹고….

가끔은 성깔대로 팽개치고도 싶었지만

세상사 꼴리는 대로 내지를 수만 없잖아

저녁놀
등을 감싸며
탁주나 한잔 걸치잔다.

입에 발린 말

무겁고 어두워서 훌훌 걷어내고 싶을 때
더는 어쩔 수 없어 세상 살맛 안 날 때
그 속내 뻔히 보여도
듣고 싶던
말랑한
말.

갑년을 살아오며 몇 번이나 있었을까
나는 더 민망스럽고, 너는 또 간지러워도
아픈 맘 살짝 어루만진
가볍고도
이쁜
말.

답, 있을까

내비 하나면 가는 길
순간, 앞이 깜깜하다

나가도 보이지 않고
들어와도 길은 없고

길에서
잃어버린 길
여태 길 밖을 헤매다.

딴청 피우다

들을 소리 못 들을 소리
육십 평생 담다보니

용량이 꽉 찼는지
어깃장을 놓는 건지

듣고도
아니 들은 척
귀를 반쯤 닫는다.

돌, 하나 얹다

간절할 게 없어도 돌 하나를 얹는 날

돌 틈마다 드나드는 소문 얼추 짐작하고

비스듬 불어온 바람 굄돌 얼른 추스른다.

말없이 쏟아놓는 한도 원도 귀를 맞춰

한 층 한 층 올라가는 산모롱이 작은 돌탑

제 생애
마지막인 양
두 눈 감고 손 모으다.

기우는 시간

요양원 담장으로
기어오르는 호박순

자꾸만 한쪽으로
기우는 시간이 있어

어머니
헛손질하듯
여린 순을 따신다.

나, 갈겨, 돌아갈 겨,
눈은 이미 창을 넘어

호박잎 된장국에
후루룩 밥 말아먹고

꽃잠 든 외동딸한테 젖 물리러 간단다.

묵사발

영 불안 불안하더니 내 그럴 줄 알았지

뮤즈가 찾아왔다고 호들갑을 떨어대다

뭉개진 시 한 사발을 망연자실 바라본다.

난산이든 순산이든 제 손으로 빚어놓은

외면하자니 안쓰럽고 취하자니 마뜩찮아도

끌안고 보듬다보면 미쁜 구석도 보이겠지.

납골당에서

개인정보보호법 탓에

통성명도 쉽지 않은

베일 싸인 골목을 돌아

종착역에 다다른 날

비로소

문패를 달고

수인사를 나눈다.

지우고 되살려내는 길,
지금 여기의 시간

박 지 현

(시인 · 문학박사)

지우고 되살려내는 길,
지금 여기의 시간

박 지 현
(시인 · 문학박사)

1.

'나 이제 천년을 살아/ 청록으로 거듭나고// 오백 년을 더 살아/ 백록이 된다면// 실핏줄/ 한 오라기쯤/ 흰 피 돌지 않을까.' 라는 간절한 소망을 가진 윤현자 시인은 '시인의 말'을 통해 그의 다섯 번째 시집 『하얀 거짓말』의 방향성과 지향점을 단적으로 표출한다. 시력 25년의 중견 시인이 서 있는 세상은 여전

109

히 허기를 욕망하고 있으니 그간 열심히 달려왔으나 여전히 쉬지 않고 달려야 한다는 확인에 다름 아닌 것이다. '한 장르만을 고집하여 온 사반세기 문학세계를 샘가에 웅크리고 앉아 샘물을 들여다보듯 속 깊이 관찰하고, 좀 더 내밀히 심도 있게 들여다보고자 이 시집을 엮는다'라는 심층의 말이 그것을 뒷받침하고 있다. 그가 즐겨 다룬 소재들은 대부분 진득한 삶의 열정을 가졌다. 때로는 소소하게 때로는 당당하게 쉬지 않고 달려온 반복적 일상의 바퀴는 그만이 가진 감성의 색채를 껴안고 때로는 당당하게 때로는 한발 비켜선 채 세상과의 소통을 지향한다. 그의 시 세계에 자주 등장하는 길과 그리움, 그리고 상처, 순환에의 지향을 따라 확산과 재생산의 과정으로 이어지고 있다.

2.

윤현자 시인의 내면 읽기와 세상 읽기로 점철된 이번 시조집은 '시조 한 수가 독자 누군가의 아픈 눈물을 닦아주고 따뜻한 위로가 되어 든든한 한 끼 마음의 양식이 되길 소망'하고 있다. 그의 웅숭깊은 고백은 타자와 함께한다는 것을 알 수 있으며 시편 곳곳에서 포용과 관조, 나눔과 귀 기울이기, 함께 어울리기, 끌어안고 위로하는 모습을 보여준다. 그가 추구하는

것은 크고 당당한 것이 아니다. 작고 소박하며 이타적인 덕목
을 갖는다.

　　매일 시간에 쫓긴
　　색조화장을
　　안 해도

　　퇴근길
　　줄 간 스타킹
　　신경 쓰지 않아도

　　밀쳐둔
　　빨래 같은 문장
　　오래 치댈 수 있어 좋다.

　　　　　　　— 「퇴직」 전문

아직도 지우지 못한 흑백사진 한 컷 있다

끝끝내 열리지 않는 창문 밖을 서성이다

희뿌연 새벽 신작로 소실점으로 멀어지던….

한 장 압화押花로 남은 스무 살 아린 상처

버석대는 이순 고갯길
아장바장 넘어와

흰머리
툭툭 털면서
빈 창가에 서 있다.

　　　　　　　　　　　—「서리·1」 전문

　이제는 일선의 분주한 시간에서 물러난 시적 자아는 주어진
현실을 직시하고 있다. 바쁘게만 살아온 시간은 이제 한쪽으로
밀려났다. 눈앞의 현실은 어제의 그 현실이 아니다. 새로운 세
계의 출현이다. 이미 내게 주어진 것들은 너무나 익숙하였으나
오늘, 마주한 현실은 전혀 새로운 것들로 가득하다. 현실 세계
어디에 내가 놓여있든지 날마다 현실은 새롭게 전개되고 있음
을 체감한다. 바쁘게 더 바쁘게 일상을 살아낸 시인은 '매일 시
간에 쫓긴' 그 시간을 열심히 살고 또 살았다. 직장 여성은 출
근을 위한 필수 중에서 '화장'을 빼놓을 수 없기에 여성 대부
분 집 밖으로 나갈 때는 화장에 대한 강박을 느끼게 된다. 잠
깐의 외출이야 별 문제 없겠지만 간단한 기초적 화장만으로도

안 되는 것이 아침 출근 때이다. 몇십 년 힘을 다해 출근과 퇴근을 반복해온 이 시대의 여성들은 시「퇴직」을 통해 맞장구칠 것이다. 고개를 끄덕여줄 것이다. '퇴근길/ 줄 간 스타킹/ 신경 쓰지 않아도' 라고 응수하게 하는 것이다. 일정한 틀에 맞춰진 바쁜 일상에서 벗어나 이제는 '나' 를 찾아 더는 헤매지 않고 마음 놓고 '나' 를 꼭 끌어안을 수 있는 시간을 만날 수 있다. 이건 축복이다. 시인은 그간 어디로 달아나버린 것만 같은 자아를 목말라하고 있었다는 것과 어쩌지 못하고 끌어안고만 있었던 고개 숙인 자아를 새롭게 확인한다. 그 자아와 행복한 조우의 시간을 갖게 되었음을 증명하는 '밀쳐둔/ 빨래 같은 문장/ 오래 치댈 수 있어 좋다.' 를 통해 긍정의 환한 공간을 확보하고 있기 때문이다.

하지만 쉬이 마음 놓을 수 없다. '아직도 지우지 못한 흑백사진 한 컷 있'음을 찾아낸다. 그것은 '끝끝내 열리지 않는 창문 밖을 서성'이게 하고 '희뿌연 새벽 신작로 소실점으로 멀어지'고 만다. 어쩌랴. 그것은 '한 장 압화押花로 남은 스무 살 아린 상처' 라서 마음 깊은 곳에 꾹 눌러둔 것을. 이쯤 해서 시인은 알고 있다. 반복의 시간을 비워낸 지금, 여기의 시간이 스무 살의 아렸던 상처가 아직도 그대로라는 것을 찾아내었다. 내 속에서 잠들었던, 아니, 외면하고 살아온 그때의 그 시간과 상처들은 하나도 변한 게 없다는 것을. 그 자리에 그대로 고스란히 남아 '버석대는 이순 고갯길/ 아장바장 넘어와// 흰머리/ 툭

툭 털면서/ 빈 창가에 서 있'음을 보고 만 것이다. 그러나 이 역시 얼마나 다행한 일인가. '이순'의 시간에 비로소 마주할 수 있는 그때의 '나', 이전의 나와 현재의 내가 마주한다는 것은 쉽지 않은 일임에도 이젠 힘껏 끌어안을 수 있다. '아무리 분칠을 해도/ 남루하고 오종종한,// 목소리 높일수록 이단교의 방언 같은,//설익은/시편에 내린/ 촌철살인 매운 평.' (「된서리」) 역시 그렇다. 애써 다른 모습으로 바꾸어보려 애쓰나 차라리 마주하는 것이 훨씬 낫다는 것을 알게 된다

저수지 깊숙하게 몸을 담근 왕버들

견뎌온 시간만큼 갈라 터진 발등을

잠잠히
물에 맡긴 채
고요로이 몸 흔든다.

거칠게 몰아치던 물굽이도 버팅기고

온몸 휩쓸고 간 소용돌이를 돌아와

묵직한

세상 한 귀퉁이
가만, 떨리는 잎새 하나.

                    —「가만, 떨리는」 전문

풀쑥풀쑥
자라나는
빠듯한 생각의 집

잘라내도 돋아나는
잡풀들만 무성해져

오늘밤
풀벌레 소리
이슥토록 쌓이겠다

                    —「불면증」 전문

　마치 봄날 한때를 즐기는 시인의 일상을 엿보는 듯 평화로운
이 시는 '고요' 그 자체다. 시인은 생명의 터전을 물에 둔 '왕
버들'을 보면서 무엇을 떠올리는 것인가. '저수지 깊숙하게 몸
을 담근 왕버들'의 생명성은 물에 있다. 물속의 진흙 아래에

그 뿌리를 둔다. 몸통을 물에 두고서 여느 나무와는 차별화된 삶의 방식을 보인다. 무척 태연하면서도 능청스럽기도 하다. 뿌리서부터 몸의 중심부를 통째로 물에 담근 채 매우 유유자적한 모습을 보이는 것이다. 하지만 왕버들을 마주한 시인은 왕버들 그 자체보다 왕버들이 처한 현실 이면을 들여다보고 있다. '견뎌온 시간만큼 갈라 터진 발등을' 외적인 시선으로 들여다보는 것이 아니라 내적 깊은 곳으로 더듬어가고 있다. 평생을 물 속에서 생존을 위한 각고의 시간을 살아내고 있는 한 생명은 표면적으로는 아무 일 없는 듯 '잠잠히/ 물에 맡긴 채/ 고요로이 몸 흔' 들며 실재한다. 시적 자아가 주목한 것은 바로 이 부분이다. 아무 일 없다는 듯, 모든 것을 오직 '물'에 맡긴 왕버들이 처한 현실을 통해 강한 생명의지를 발견한 때문이다. '거칠게 몰아치던 물굽이도 버팅기고//온몸 휩쓸고 간 소용돌이를 돌아' 온 저 의지는 물 밖의 세계, 즉 주어진 현실 세계에 천착하는 것이 아니라 보이지 않는 왕버들의 실재의 세계라는 것이다. '묵직한/ 세상 한 귀퉁이/ 가만, 떨리는 잎새 하나.' 를 통해 읽어낸 것이 그렇다.

3.

　　내비 하나면 가는 길

순간, 앞이 깜깜하다

나가도 보이지 않고
들어와도 길은 없고

길에서
잃어버린 길
여태 길 밖을 헤매다
　　　　　—「답, 있을까」 전문

　바쁜 생활에서 놓여난 일상은 마치 밀물이었다가 썰물의 시
간을 만나는 것과도 같을지도 모른다. 윤현자 시인에게 있어
서 밀물의 시간과 썰물의 시간이 따로 있을 수도 없을 수도 있
겠지만 최소한 퇴직 이전과 이후의 삶이 있는 사람에게는 충분
한 개연성이 있어 보인다. '내비 하나면 가는 길/ 순간, 앞이 깜
깜하다// 나가도 보이지 않고/ 들어와도 길은 없고//길에서/ 잃
어버린 길'(「답, 있을까」 부분)의 일상은 따로 주어진 것이 아
니라 언제든지 다시 복귀할 수 있는 일상이라고 하여도 이전의
삶과 획을 긋게 된다. 바쁘게 살 때는 모든 것이 바쁘게 돌아가
니 내가 가진 내 시간조차 제대로 파악할 수 없었다. 파악한다
고 하더라도 어제의 연속선에서 이해하여야 하기 때문이다. 그
건 다음날도 마찬가지일 터이니까. 하지만 '내비'에 비추어진

이전의 바쁜 일상은 이미 내게서 사라졌다. 이후의 시간이 새롭게 전개된다. 익숙하지 않은 시간이 내 앞에 펼쳐져 있다. 그러니 바쁠 것이 없다. 익숙하지 않아서 서툴 뿐이다. 내 시간이라고 여기고 받아들이는 것조차 어설퍼 '길에서/ 잃어버린 길/ 여태 길 밖을 헤매'(「답, 있을까」 부분)게 할 뿐인 것이다. '들을 소리 못 들을 소리/ 육십 평생 담다보니// 용량이 꽉 찼는지/ 어깃장을 놓는 건지// 듣고도/ 아니 들은 척// 귀를 반쯤 닫는다.'(「딴청 피우다」)의 시 역시 별반 다르지 않다. 「답, 있을까」에서 헤매는 시간의 연장이다. 지난 시간은 밖에 있는 것이 아니라 내 속으로 들어와 있다. '육십' 세월에 내재한 시간은 수없는 '들을 소리 못 들을 소리'로 점철되었으며 내치지도 못하고 끌어안는 시간이었을 것이다. 그러니 딴청 피울 수밖에. 다시 일상을 살아내어야 하는 시적 자아의 모습이 선연한 것은 바로 이쯤에서 두드러진다. '듣고도 아니 들은 척' 해야 하는 '오늘, 여기의 시간'이 기다리고 있기 때문이다.

　　　작년에 먼 길 뜬 김씨
　　　입에 달고 살았던

　　　말끝마다 사족으로
　　　따라붙던 '참말루~'가

아직도
당최 믿기지 않네
뭐가 진짜 참말인지.

내리 세 번 당선한
국회의원 아무개가

버릇처럼 앞세운 말
'솔직히 말해서'도

도대체 믿을 수가 없네
솔직한 게 진짜 뭔지.

　　　　　　　—「불신 시대」 전문

요즘처럼 확실하게 둘로 나뉜 적 있을까

가진 자와 못 가진 자
달님파와 해바라기파

세상 참, 뭣도 아니라고
홍어 그거나 씹어대고.

노론 소론 편 가를 때도
허리 싹둑 금 그을 때도

눈 귀 다 열어놓은 채
한사코 기다렸던 건

너
와
나
흰옷 걸쳐 입고
달도 밝은 밤 강강술래

— 「이분법」 전문

이제는 새로운 길의 여정에 들어선 시적 자아의 현실은 야멸
차다. 정면으로 압박을 받는다. 주변을 둘러보아도 날이 서 있
다. 그 예리한 날에 베일 지경이다. 돌아본다는 그 자체가 불신
으로 가득하다. '작년에 먼 길 뜬 김씨/ 입에 달고 살았던// 말
끝마다 사족으로/ 따라붙던 '의 참말루~ '가' 문제다. 말끝마
다 참말이라고 외칠 때 우리는 이미 그 반대편이 서 있다는 것
이다. 있는 그대로 믿어주기를 바라는 간절함이 전제되어 있으
나 불신의 한가운데 깊숙이 들어와 있다. 이를 어찌해야 할지

난감하다. 사회 전반에 걸쳐 만연한 '참'과 '거짓'은 온갖 모습을 하고 널려 있어 그 실체를 가늠하기 어렵다. '아직도/ 당최 믿기지 않네/ 뭐가 진짜 참말인지' 알아내기 쉽지 않다. 시적 자아를 향해 달려드는 '불신'은 '참말'을 건너 '버릇처럼 앞세운 말/ 솔직히 말해서'에 이른다. 앞의 '참말루~'는 동네 주민인 '김씨'이고 '솔직히 말해서'는 삼선 국회의원 '아무개'가 한 말이다.

'김씨와 아무개'는 아무 연관 없는 사이이지만, 살아가는 층이 다른 사람이면서 만날 일이 거의 없는 관계일 것이다. 하지만 두 사람은 사전에 교묘히 입을 맞춘 것처럼 불신의 또 다른 표현인 '참말'과 '솔직'을 습관적으로 내뱉었다. '요즘처럼 확실하게 둘로 나뉜 적 있을까'(「이분법」 부분)가 어느 정도 가늠해주고 있다. '가진 자와 못 가진 자/ 달님파와 해바라기파'가 상징하는 것이 그렇다. '세상 참, 뭣도 아니라고/ 홍어 그거나 씹어대고./ 노론 소론 편 가를 때도/ 허리 싹둑 금 그을 때도'에서 역시 불신이 가운데를 가로막고 있으니 말이다. 편이 다르다는 것은 생각만 다른 것이 아니라, 절대 내 편이 될 수 없다는 것을 말한다. 그러므로 '참말'과 '솔직'은 충돌을 전제하는 동시에 '불신'과 '이분법'이 내포한 각기 다른 말이면서 한 말로 해석할 수 있는 관계에 놓여있다. 앞서 강조한 시인의 세상 읽기가 이전과 다른 이후의 새로운 일상 깊숙이 진입해 있음을 확인할 수 있다.

더 나아가 시인은 불신을 뛰어 넘어 '세상에 이름 없이도/ 피는 꽃이 있던가// 김씨,/ 이씨,/ 박씨,/ 최씨,/ 제각각 성만으로도// 하얗게/ 뿌리를 내린/ 이 땅의 낮은 꽃들. (「이름 없는 꽃」 전문)' 에 눈을 돌린다. 포용과 긍정의 세상 읽기가 펼쳐진다. 쉬지 않고 달려온, 달려야 하는 진득한 삶의 열정을 끌어안고 거친 세상을 살아내고 있는 이웃들에게 따뜻한 눈길을 보낸다. 지금까지 열심히 살아왔듯 지금도 앞으로도 여전히 살아낸 그 저력으로, 그 희망으로 열심히 살아야 하기 때문이다.

4.

윤현자 시인의 시편에서 반복적으로 발견할 수 있는 '삶의 열정' 을 보면 쉬지 않고 달려온 그 '길' 이 기다리고 있다. 이미 보내버린 길과 현재의 길 그리고 가야 할 미래의 길인 것이다. 시인이 묵묵히 받아낸 시간의 한 가운데를 가로지르다 보면 성찰과 함께 '지우고 되살려내는 힘' 을 발견할 수 있다. 부지런함과 성실함, 잠시 어깨를 빌려줄 것만 같은 온기를 느낄 수 있다. 자주 자신을 돌아보는 시간을 갖기에 더욱 그렇다. 세상을 바라보는 눈길이 그렇다. 적극적으로 이 일, 저 일 관여하며 제 몸 아끼지 않고 뛰어드는 품새가 그렇다. 작품에서 드러난 이런저런 혼잣말 같은 성찰의 목소리가 그렇다. 그렇게 멈출 수 없는 추동력은 시 곳곳에서 발견할 수 있다.

걷기 전엔 몰랐다
걸어가면 길이 됨을

주춤대고 망설이다
어쭙잖게 자로 재다

끝내는
지레 겁먹고
주저앉고 말았다.

길은 길로 이어지고
길이 길을 열어가는

그 빤한 이치가 뵈는
이순의 갈림길에서

천천히
아주 천천히
서툰 걸음 다시 내딛다.

— 「다시 길을 나서다」 전문

「다시 길을 나서다」에서 함의하는 것은 단지 생각만으로, 단지 이론적으로만 판단의 결과를 내리는 것이 아니라는 것이다. '걷기 전엔 몰랐다/ 걸어가면 길이 됨'을 말하는 순간, 가다가 비록 되돌아올지라도 결코 멈추지 않겠다는 강한 의지를 피력한다. 그러므로 이 의지는 이 시의 중심을 이루며 천천히 쉬지 않고 한 걸음 두 걸음 앞을 향해 나아가야만 한다는 당위에 선다. 길의 의미는 당위와 함께 외연의 확장을 불러오고 다가올 미래를 견인한다. 시적 자아는 한 걸음 두 걸음 체화된 경험에서 비롯된 의지의 산물은 '주춤대고 망설이다/ 어쭙잖게 자로 재다// 끝내는/ 지레 겁먹고/ 주저앉고 말'지만 결코 멈추지 않는다. '길은 길대로 이어지고…열어가'고 있다는 것이다. 멈추지 않아야만 '천천히/ 아주 천천히' 다시 걸음을 내디딜 수 있게 된다는 것을. 살아온 만큼 얻은 것을 잃지 않겠다는 의지를 갖고 결코 길을 포기하지 않는다면 원하는 것을 언제든지 다시 얻어 들일 수 있다는 것을 보여준다.

웬만하면
잊어보라고
썰물에 쓸려 보내라고

갈기갈기 찢긴 속도

소금물로 헹궈내라고

넌지시 바다가 이르길
맵짠 게 바로 인생이란다.

이제는 잊을 거야
밀물져 밀려와도

그물코에 걸렸다가
염전 바닥에 잠겼다가

맵고 짠
생의 한 모퉁이
천일염으로 남을 거야.

— 「즉설 즉답」 전문

위의 「즉설 즉답」은 바쁘게 살아온 걸음은 잠시 놓아버리고
보폭을 조절하는 시인의 의지가 엿보이는 작품이다. 앞만 보
고 살아온 시간은 이제 조금씩 바닥에 내려놓아야 한다. '웬만
하면/ 잊어보라고/ 썰물에 쓸려 보내라고' 스스로 다짐하고 또
다짐하는 시인은 삶의 완급을 조절하는 것만이 아니라 자신을

돌아보는 시간에 무게를 두고 있다. '갈기갈기 찢긴 속도/ 소금물로 헹궈내라고//…맵짠 게 바로 인생'이라는 것을 스스로에게 각인시키고 있기 때문이다. 여기에서도 뒤를 돌아보고 있는 시적 자아의 모습을 발견한다. 쉬지 않고 달려온 지난 시간은 미처 뒤돌아볼 틈조차 없었다. 하지만 이제 더는 미루지 말고 뒤를 돌아봐야 한다는 책무 같은, 그리하여 다시 돌아볼 필요 없는 지점까지 설 수밖에 없는 시적 자아의 다짐은 이제 한 걸음 더 나아가 스스로를 다독이는 방식으로 이어진다. '이제는 잊을 거야/ 밀물져 밀려와도/ 그물코에 걸렸다가/ 염전 바닥에 잠겼다가'라는 완급의 시간을 보낸 후 다시 결연한 의지를 보인다. '맵고 짠/ 생의 한 모퉁이/ 천일염으로 남을 거야'라는 단호함이 그 뒤를 이으면서 이 작품은 성찰과 함께 성숙한 자의식으로 한 걸음 더 진일보하게 된다.

노래인 줄 알았어.
울음인 걸 모르고
뻑 하고 뱉은 피
꾹 하고 도로 마시는
이 · 저 산 풀물 들이다
몸져누운 어린 새.

뻐꾹뻐꾹 열여섯 누이

쑥꾹쑥꾹 산을 넘던
초여름 언덕으로
못 본 척 봄은 가고
못다 한
노랫가락이
골짜기마다 풀리다.

—「뻐꾹새」 전문

　윤현자 시인의 시작(詩作) 행보는 보폭이 그리 크지 않으면서
도 일정한 거리를 두며 이어진다. 멀리 나갔다가도 언제든지 회
귀하는 방식을 취한다. 그것은 의도되었다기보다 매우 자연스
러운 발로이며 시인의 성향과 특이성을 잘 드러낸 그만이 가
진 개성적 면모로 여겨진다. 작품 「뻐꾹새」를 읽으면서 쉽게 겉
으로 드러내지 않는 시인의 성품과도 같은, 시인만이 가진 여
린 속살과도 같은 결을 발견하게 된다. '노래인 줄 알았어,/ 울
음인 걸 모르고'에서 드러난 시인의 예리한 감각은 물질의 양
면을 동시에 파악하는 힘을 시각적으로 보는 것과 동시에 앞
과 뒤의 삶의 결이 상반되는 공감각의 통점을 느껴보게 한다.
'뻑 하고 뱉은 피/ 꾹 하고 도로 마시는/ 이·저 산 풀물 들이
다/ 몸져누운 어린 새.'에서 시간 저 너머의 봄날, 핏빛 같은 울
음소리에 귀를 내놓는 시적 자아의 모습이 선명하게 다가온다.

그것은 '뻐꾹뻐꾹 열여섯 누이/ 쑥꾹쑥쑥꾹 산을 넘던' 그날의 애절한 마음이 여태 기억에 남아 있어서다. 마음과 몸속에 남아 있어서다. 뻐꾸기의 울음소리가 봄날 한때를 온통 물들일 때 그것이 노래로 들리거나 피맺힌 울음으로 들리는 건 순전히 각각의 몫이라 할지라도 노래보다 울음에 귀를 열어놓는 건 '뻐꾹' 하고 들리는 소리가 가슴을 훅 치고 지나는 울음에 가깝게 들리기 때문일 것이다. 하물며 '열여섯 누이'의 '못다 한/ 노랫가락'의 애달픈 사연이 함께라면 '핏빛' 울음일 것이다. 시인에게 내재한 '울음'이 시인 개인에 국한된 것일지라도 단순한 개인적인 것이 아닌 것은 이와 유사한 부재의 기억이, 그것도 슬픈 사연이 눈부신 봄날 부재를 경험한 이들이 많을 것이라는 유추 때문일 것이다. 작품 속에서 발견한 이러한 슬픈 부재가 꼭 시인의 것이 아닐지라도 우리 모두의 것일 수 있는 개연성을 가지고 있다는 것은 이 작품이 갖는 미덕이다.

윤현자 시인의 시조집 『하얀 거짓말』의 내면 읽기와 세상 읽기는 자신은 물론 이 시대를 함께 살아가는 이들과 함께라는 것을 깊이 살펴보았다. 서두에서처럼 '누군가'를 염두에 둔, 그 '누군가'가 힘들 때 '한 끼'의 든든한 마음의 양식이 되었으면 하는 그 소망이 조금씩 두고두고 이루어지길 바라본다.

시와소금 시인선 120

하얀 거짓말

ⓒ윤현자, printed in Seoul, Korea

초판 1쇄 인쇄 2020년 09월 11일
초판 1쇄 발행 2020년 09월 20일
지은이 윤현자
펴낸이 임세한
펴낸곳 시와소금
디자인 유재미 정지은

출판등록 2014년 03월 23일 제447호
발행처 강원 춘천시 충혼길20번길 4 (우24436)
편집실 서울시 중구 퇴계로50길 43-7 (우04618)
전화 (070)8659-1195, 휴대폰 010-5211-1195
전자주소 sisogum@hanmail.net
ISBN 979-11-6325-019-7   03810

값 12,000원

 충북문화재단
Chungbuk Cultural Foundation

· 이 시조집은 2020년 충청북도 충북문화재단 우수창작활동지원사업
  지원금으로 발간되었습니다.